THIS SKETCH BOOK BELONGS TO ..............................................................................................

CONTACT ..............................................................................................